Halloween
ACTIVITY BOOK
for Kids

THIS BOOK
BELONGS TO:

Halloween Mazes

Halloween Coloring Pages

Find the Differences

Connect the
Dots

Halloween Word Search

```
M V N W T T U R I W E V J P Q Y V T
M T N Q N U O L C A N D L E C S U M
A X Z P R R H K R U F A C D O T O O
S P R L G F A A Z X D W W E N S Y P
K A P Z Q N F L B N R J J X M U X
H A L L M U J H Q L N O A J G I U J
K D A E E D A C W U O J N B L R D A
O Q O B Q R Q C V Z O W F H G B C L
L P O P T Y J E O D E Q E F L C J C
N Q X S P K Z Z W R L G P E A M N Y
H B F W N Q J A Z X N M M C N K O G
M B L E A F G F M L N S X C V T W A
```

Find the following words in the puzzle.
Words are hidden ➔ ↓ and ↘ .

ACORN   CANDLE   LEAF
APPLE   HALLOWEEN

U	I	E	B	X	F	J	W	D	C	B	Z	G	Y	Q	R	T	Q
C	F	L	E	P	R	R	A	U	T	U	M	N	K	W	W	K	G
S	I	V	U	H	Q	B	E	R	K	F	G	X	L	N	F	U	W
G	U	Y	I	Y	F	U	V	S	S	X	T	Q	S	K	H	J	U
R	J	Q	D	C	A	U	L	D	R	O	N	R	L	Q	O	F	C
G	V	R	D	H	I	W	P	D	C	C	H	A	S	F	I	D	R
G	A	U	A	G	I	N	O	G	K	T	Y	M	C	B	X	Q	A
D	S	R	A	H	V	Q	Z	K	I	V	E	Y	B	L	P	I	C
Z	B	W	J	L	E	B	Y	D	T	E	G	U	V	N	S	X	V
C	G	J	P	I	E	R	O	V	S	K	U	L	L	O	P	I	O
I	R	O	H	Q	H	K	J	O	P	E	R	M	N	E	Y	X	V
R	P	D	A	Q	K	J	P	N	K	I	M	Z	W	Z	J	D	U

Find the following words in the puzzle.
Words are hidden → ↓ and ↘ .

AUTUMN   CAULDRON   SKULL
BOO   PIE

```
E U O L J O T L U I R S K C O B P O
C H U V E O Y F A S F K P E O W X I
R N P Q C N C I L P C L A Q G W R Z
W X R Z X X L T U O E Y B T I N W M
L W L X R F K Y O P O I S O N C Z C
U C O A D R X U W B H G X H F C F Q
J J P W N Y F I I S E U G W K G J W
B G H B U T T R I C K R I Z P O C C
D F Q D E N E Y I P N N U G X R I Z
Z T U U G G U R L O P P C Z V C F X
Z A H R A K N V N V H F M W K D A H
D X D I C X G H O S T N R N Q X Y W
```

Find the following words in the puzzle.
Words are hidden → ↓ and ↘ .

GHOST   OCTOBER   TRICK
LANTERN   POISON

```
X  D  L  S  J  S  W  R  A  O  K  X  X  H  O  F  A  U
J  F  D  P  H  N  P  M  R  A  L  Q  T  N  I  F  C  N
S  A  O  I  V  E  I  O  A  X  Q  Z  B  T  U  R  P  D
K  H  K  D  A  G  Y  J  O  X  L  V  A  M  Q  P  J  A
E  X  I  E  M  O  Z  M  T  K  P  H  S  P  Z  U  W
L  O  Q  R  P  B  D  W  G  C  Y  M  M  I  Y  C  D  K
E  T  E  T  I  V  O  X  K  P  Y  I  E  C  T  I  W  S
T  A  A  Z  R  S  V  D  O  T  M  P  N  B  O  F  I  S
O  B  V  A  E  M  G  F  O  O  J  S  V  T  C  W  T  O
N  X  N  Z  O  D  E  F  Y  T  G  F  T  Q  B  E  C  P
V  N  T  G  X  D  H  I  Z  G  O  E  X  W  Y  M  H  M
F  P  W  W  Q  U  W  I  S  G  O  N  Q  T  J  Q  L  N
```

Find the following words in the puzzle.
Words are hidden → ↓ and ↘ .

SKELETON   SPOOKY   WITCH
SPIDER   VAMPIRE

```
V  B  Z  R  I  F  M  K  K  I  U  I  Q  I  K  F  G  J
V  A  M  K  Y  N  P  U  M  P  K  I  N  S  L  W  S  Q
V  L  J  E  M  J  W  C  Y  J  F  L  Z  H  W  U  X  V
D  Z  Z  G  M  K  N  F  Q  N  V  D  H  Y  F  E  M  K
I  O  M  F  V  O  H  H  U  C  V  D  Q  A  T  Z  B  R
L  Z  V  A  W  D  I  D  K  Q  N  Y  V  M  L  W  R  Y
D  I  D  L  U  X  Y  D  X  L  K  T  E  A  U  I  H
R  N  C  L  E  U  L  A  C  E  P  T  V  V  T  M  O  K
W  M  T  W  Q  Q  B  W  V  X  V  J  L  H  D  R  M  B
I  O  P  Y  N  A  P  W  O  K  W  Q  V  T  X  X  Y
Z  B  E  G  H  O  S  T  I  X  N  H  N  O  X  G  U
W  U  H  Q  K  T  D  J  H  C  B  P  Z  P  M  V  H  P
```

Find the following words in the puzzle.
Words are hidden → ↓ and ↘ .

FALL   MUMMY   WEB
GHOST   PUMPKIN

```
B A W E Y B N G L Y M C K O X X Y Z
A U W O K R I C R Q B A R S K C U J
T T K N M O I A Y T H N K P K L S C
F U P Z P O T E X X G D B P I H R T
K M L N D M M B B B O Y T M Q R R N
H N X T Y S T R U K O B O A E F U H
X L C Y W T I W L V G Q E I G E X H
B W Q V K I E N D A Q U U A E R N K
F F X H F C P C P X D Z A X Q W G U
Q L N L A K V C H I L D R E N B P Y
C A S Q F P H D E K W B B B P T D V
C B E O I N O S J X L D I W M P R Z
```

Find the following words in the puzzle.
Words are hidden → ↓ and ↘ .

AUTUMN   BROOMSTICK   CHILDREN
BAT   CANDY

```
C  K  W  S  R  M  A  S  K  P  P  S  L  G  B  B  O  R
O  Y  W  W  P  N  L  F  U  V  E  O  I  W  Q  T  I  Y
S  I  B  G  C  U  K  T  A  O  J  H  P  S  U  J  R  Y
T  P  B  B  U  N  O  P  E  Y  F  P  I  R  A  T  E  A
U  J  S  Y  K  G  M  O  N  S  T  E  R  B  Q  Z  K  I
M  B  F  N  Y  I  K  N  I  G  H  T  T  Y  A  P  F  A
E  W  R  D  E  X  R  F  M  X  C  Z  V  U  A  W  S  T
S  V  Z  H  D  Y  R  F  F  X  M  B  K  R  D  Q  H  D
U  L  K  L  L  B  F  W  N  X  V  C  G  B  R  W  J  G
Y  E  Y  I  D  R  A  C  U  L  A  L  H  I  I  I  M  B
D  R  R  N  W  M  N  B  Z  M  B  C  Z  D  X  W  V  S
Q  E  Z  F  J  H  I  H  B  U  J  W  K  D  J  S  M  D
```

Find the following words in the puzzle.
Words are hidden → ↓ and ↘ .

COSTUME   MONSTER
DRACULA   NIGHT
MASK   PIRATE

```
O  Y  M  N  Z  O  M  B  I  E  V  R  Y  A  B  U  R  Z
S  Y  F  R  A  N  K  E  N  S  T  E  I  N  R  U  L  N
O  K  X  U  C  W  T  X  P  V  R  Q  T  Z  O  M  V  B
R  G  S  A  I  S  S  H  P  J  X  S  V  Y  O  F  D  D
M  Q  J  J  D  I  J  U  H  T  O  R  H  X  M  M  H  D
A  Y  G  R  A  V  E  Y  A  R  D  E  R  T  A  B  A  J
R  X  Y  B  M  D  K  Q  G  X  M  I  M  Y  H  E  V  A
D  J  S  B  B  H  E  G  C  I  N  K  O  B  E  W  B  U
Y  O  K  Z  A  F  O  V  D  E  F  G  J  O  I  A  M  T
J  V  X  I  Y  T  F  N  I  J  L  N  R  N  I  R  X  J
E  Q  P  O  Z  L  T  I  S  L  L  Z  R  P  I  E  M  A
G  C  K  V  V  B  H  S  E  L  Z  C  M  N  P  R  R  L
```

Find the following words in the puzzle.
Words are hidden → ↓ and ↘ .

BAT   DEVIL   ZOMBIE
BEWARE   FRANKENSTEIN
BROOM   GRAVEYARD

FIND THE DIFFERENCES
ANSWERS

MAZE

ANSWERS

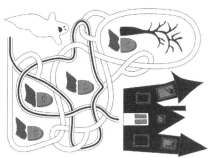

Word Search
ANSWERS

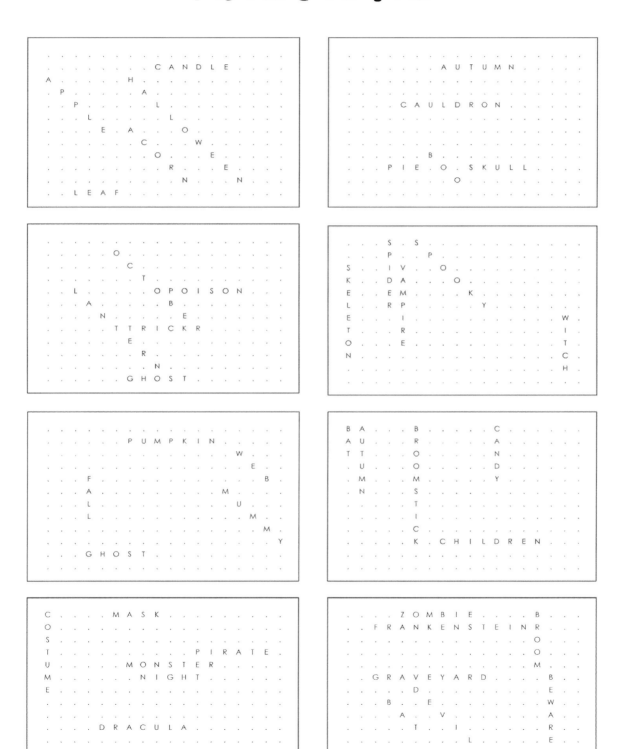

Made in the USA
Middletown, DE
12 October 2020